"五月花"杯全国残疾人诗歌大赛优秀作品集

"五月花"杯全国残疾人诗歌大赛组委会 ◎ 编

图书在版编目（CIP）数据

"五月花"杯全国残疾人诗歌大赛优秀作品集/"五月花"杯全国残疾人诗歌大赛组委会编. -- 北京：华夏出版社有限公司，2019.11
ISBN 978-7-5080-9860-9

Ⅰ.①五… Ⅱ.①五… Ⅲ.①诗集－中国－当代 Ⅳ.①I227

中国版本图书馆CIP数据核字（2019）第201518号

"五月花"杯全国残疾人诗歌大赛优秀作品集

编　　者	"五月花"杯全国残疾人诗歌大赛组委会
责任编辑	蔡姗姗
美术设计	李媛格
责任印制	顾瑞清

出版发行	华夏出版社有限公司
经　　销	新华书店
印　　刷	三河市万龙印装有限公司
装　　订	三河市万龙印装有限公司
版　　次	2019年11月北京第1版　2019年11月北京第1次印刷
开　　本	880×1230　1/32开
印　　张	5.5
字　　数	87千字
定　　价	68.00元

华夏出版社有限公司 地址：北京市东直门外香河园北里4号　邮编：100028
网址：www.hxph.com.cn　电话：（010）64663331（转）
若发现本版图书有印装质量问题，请与我社营销中心联系调换。

目 录

鲜花颂时代　诗卷抒壮志　/ 001

一等奖　/ 001

生命九歌（组诗）　杨文霞　/ 002

二等奖　/ 011

摸云——献给12岁生日的我　王姝　/ 012
铁拐老徐（组诗）　徐子飞　/ 015
从聋到龙（组诗）　赵鸿伟　/ 020

三等奖 /025

父亲的礼物　刘佳欣　/026

我用诗歌感谢春风（组诗）　马广乐　/027

耳朵　连忠照　/033

红图腾（组诗）　陈喜红　/035

我仍然感受着宠爱　王小旦　/043

盛开在五月的花（组诗）　吴东正　/045

北美蓟情（组诗）　周苏秋　/052

优秀奖 /059

靠山屯来的维纳斯　李文山　/060

煤油灯　廖俊　/063

失语是我这辈子最大的疼痛（组诗）　左右　/065

我"看见"声音　张元芳　/068

我坚信我的翅膀没有折断（组诗）　赫亚静　/070

岁月风影（组诗）　连少文　/073

灶台上的视角　郭坤军　/080

使用筷子　裴冰清　/082

相伴　段凤姣　/084

轮椅的青春　林玉君　/086

春天里（组诗）　李看蒙　/088

强者之歌（组诗）　王菁禹　/093

优秀入围作品 /099

守望相助，展开一场穿越时空的信仰对话　袁斗成　/100

虎林任教满情怀（组诗）　金涛　/104

平等之花漫野天涯（组诗）　吴琦　/109

帆知道答案　许波银　/113

刘智凯的诗　刘智凯　/115

慈善的力量（组诗）　王红斌　/120

付建锋的诗　付建锋　/129

我的春天一直盛开　宓国贤　/ 133

共享芬芳（组诗）　李子燕　/ 136

无声世界　无尽的梦　杜宏艳　/ 142

风雨中的向日葵　陆梦蝶　/ 145

远方　王苏华　/ 147

生命的礼赞　梁亚军　/ 149

史军昌的诗　史军昌　/ 152

陈朝峰的诗　陈朝峰　/ 157

鲜花颂时代　诗卷抒壮志

党的十八大以来，在以习近平同志为核心的党中央坚强领导下，我国残疾人事业取得了历史性进展和显著成就，残疾人民生和权益保障持续改善，残疾人获得感、幸福感和安全感持续提升。

这是一个值得大书特书的美好时代。"文章合为时而著，歌诗合为事而作。"由中国残联宣文部、辽宁省残联指导，中国残疾人事业新闻宣传促进会支持，辽宁省阜新市残联主办，《五月花》杂志承办的"五月花"杯全国残疾人诗歌大赛应运而生。此次大赛自2018年5月启动以来，得到全国各地残疾人诗歌爱好者积极响应，共收到作品近3000篇。经中国作协推荐的评委公平、公开、公正评审，有23篇优秀作品获奖。广大残疾诗人围绕改革开放40周年这一主线积极创作，通过诗歌展现改革开放以来残疾人事业发展成就以及残疾人物质和精神文化生活的深刻变化，讴歌党和政府及社会各界对残疾人的格外关心、格外关注，展示残疾人自强不息的精神风貌和广大残疾人对美好生活的期待。

这次大赛是对近年来残疾人诗歌创作的一次集中检验。广大残疾诗人带着浓郁的诗情，以饱蘸火热生活的如椽之笔为人民书写、为人民抒情，创作出了大量感人至深的诗篇，催人奋进，令人心悦神驰。我们欣喜地看到，一束束诗团锦簇在春天开放，芬芳大地，润泽人心。实践证明，只有深入基层、扎根人民，创作才能获得取之不尽、用之不竭的源泉，作品也才有精神高度、文化内涵、艺术价值。

2019年"两会"期间，习近平总书记对文艺界提出"坚持与时代同步伐、以人民为中心、以精品奉献人民、用明德引领风尚"总要求，为做好文艺工作指明了方向。要引导广大文艺工作者崇德尚艺，争做有信仰、有情怀、有担当的新时代文艺工作者，同时组织文艺工作者继续深入生活、扎根人民、潜心创作，用更多更好的文艺作品，特别是反映时代风貌、人民生活和伟大实践的精品力作向党和人民汇报。

"诗人的主要天赋是爱，爱他的祖国，爱他的人民。"闻一多先生的经典哲言值得每一个诗人深味。时代已经发出召唤。我们希望广大残疾人文学艺术工作者紧跟时代、抒写时代，坚定文化自信、把握时代脉搏、聆听时代声音，坚持以人民为中心的创作导向，捕捉创新灵感，抒写新的精彩，深刻反映新时代的历史巨变，描绘新时代的精神图谱，满足和丰富广大残疾人的精神文化生活。

我们相信，在党和政府的格外关心、格外关注下，在社会各界的大力支持帮助下，残疾人兄弟姐妹将更加自强不息，与全国各族人民携手同行，共圆美好中国梦，在大地上写下壮丽诗篇，共同书写中华民族伟大复兴的华彩乐章。

中国残联宣传文化部

一等奖

《生命九歌》(组诗) 杨文霞 黑龙江省大庆市

生命九歌（组诗）

杨文霞（黑龙江省大庆市）

一

为此，我曾学着凤凰，有了一次涅槃
用色彩的羽块、用铜，铸造身体
成为一座雕塑，在心灵的旧址上安详
飞是一种境遇，落下来，更是一种旷达
我学会不尖叫，不失落，不怨恨
我学会用爱的目光，擦拭每一根羽毛

我太喜爱自己的羽毛了
在心里，它每一根都是凤凰赐予的

我每一次灵动的跳跃，都有它

振翅的，呼应

尽管它是一座雕塑，但是，它固塑了我的灵魂

我的灵魂就是一只不死鸟呀

就是一只火凤凰，正朝向神坛的地方

把生命交付

二

第一夜，我学会怀念。蹒跚的脚步

是我在地球上的舞蹈

我怀念一只蝴蝶，它轻盈的触须，正好可以代我

拨动时间的指针

我希望每一刻每一秒都过得慢一些

让时间以颗粒状滞留在身边

把我热爱中的狂热，放凉

我可以喊妈妈，这是一次多么不容易的出生呀

我必须以一滴眼泪的惊叫

刷新这个新世界

我是多么的与众不同

时间不可以关闭，我奋勇出生的念头

三

他们叫我残疾人，妈妈说不对

人是顶立于天地之间的，你也是

就如凤凰涅槃，你得经得起生命里的磨难

我看见了，是的，妈妈

那么多光聚集起来，那么多手伸出来

那么多写着志愿者的人

被我认回精神上更加广域的接应

我学着微笑、坚强，学着快速愈合伤口

学着把感恩与爱写成美丽的诗行

这才发现，越写我的羽毛越靓丽

那是爱与深爱构筑的颜色呀

四

第二夜,我学会记录。记录下残疾人之家里的妈妈
有时候,我总混淆她和她,她们都用爱
在我记忆中签名

我学会记下她们的笑容和言语
学着用一条雨后的彩虹捆绑美丽
学着第一次出征远行,一辆轮椅
间距了我与世界、世界与花朵之间,诗意的行距

养马的人,在阔绰的草原上奔驰
养花的人,把一只蜜蜂唤回身边
妈妈,我养了好多蜂,带着芳菲的滋味
带着我,像一个蜜蜂的学徒,飞翔在草原之上
蜜拥的花草
我的坐骑就是这辆二〇一六年产自社区残联的轮椅

五

此后，我绝不用放弃这个词
我想到了山，就刻上我的名字，做一枚印章
我想到了水，就浣洗一支笔，把美腾挪过来
用身体、思想、梦，画一幅画

我学会排检万物，滤过纷彩
或在自己的精彩里
在文字里的轮回修修剪剪，让美再次开具一张
有关我人生简历的证明

六

第五夜，我找来了火种，我找来了柴薪
我只需要一个点火的工具
我等不到第六、第七夜了，我也是一只笨鸟
请允许我先飞一飞

请允许黑夜的衣裳裹在一堆火焰上

请允许有百鸟为我提醒

请允许麋鹿、雄鹰,成为旁观者

允许点读的星光,作为添加的火粒

允许我人生的舞台也有一次盛大的启幕

允许我摆出一只凤凰飞翔的姿态

生命九歌里,写下不熄与激荡

七

我要飞翔!我的名字叫凤凰!

八

左侧是江山的笔墨,右侧是横流华彩的纸张

玫瑰色的前景与梦想刚好对接

风雨雷电是一次佐餐的佳肴

只有心跳,还属于用旧的人间

只有残肢,还有人间的温度

但我的灵魂,正以一只鸟的样子飞出了九天之上

为我所在的人间,讴歌

大爱无疆呀。大爱是我的羽毛

尽管这只鸟的身下托着一辆轮椅

那也是浴火的金色,而不销毁

九

我为生命的九歌编撰省略下来的部分

写一写爸爸、妈妈,家与残联

比别人多出的爱,常常让我语迟

但所有的人都听得懂,我嘴里呢喃的字词

那就是凤凰

他们为我涂色,我居中在一幅画中

诗歌的语言从不唐突

我写我心,我心飞翔

我是一只凤凰,生命里的不死鸟呀
被自己反复确认着,直到热泪盈眶

二等奖

《摸云》 王姝　内蒙古自治区满洲里市
《铁拐老徐》（组诗）　徐子飞　江苏省扬州市
《从聋到龙》（组诗）　赵鸿伟　浙江省宁海县

摸云
——献给12岁生日的我

王姝（内蒙古自治区满洲里市）

我想在流星雨前摸云，
一朵、两朵、三朵，
云忽然从我指间滑出，
它离开我去飞翔了，
飞向它心中的银河——
那是星星的家。

我想在老杨树下摸云，
四朵、五朵、六朵，
云儿万分依恋我的肩头，

碰了碰它便睡觉了，

梦里有外婆讲的故事——

那是外婆思乡的愁。

我想在书海里摸云，

七朵、八朵、九朵，

云儿钻进书海里遨游了，

书变成了一个奇妙多彩的世界，

荒凉的月球、神秘的海底、消失的恐龙……

那是科学家待解之谜的潘多拉宝盒。

我想在妈妈怀里摸云，

十朵、十一朵、十二朵，

十二朵云，

十二个春去冬回，那是妈妈手上的茧、眼角的纹，

十二个我，

十二个千变万化的小姑娘，那是妈妈的幸福和骄傲。

我摸的云儿长大了，

有风可以自由地飞,

有雨也要不断地前行。

因为它相信,

风雨之后终有阳光在等待。

铁拐老徐（组诗）

徐子飞（江苏省扬州市）

一 示威的鱼

这些示威的鱼，已经在登月湖湖面

示威三天了

它们完全不怕，老徐紧握的铁拐

皱起的眉头，一连三天围着岸边

以静制动

是铁拐老徐，采取的对策

面对强大对手，示威的鱼终于在第四天

集体败回水底
刚脱贫的张老汉一家,集体露出了
洁白的牙齿

二 铁拐老徐

铁拐老徐是农技站的,去年开始
正式是站长了

他是从南京农大出来的,头上的白
证明了他
已在帮贫的岗位上,干了很多年

他一开始不拄拐的,因为一次上山
帮助一头牛下崽
落下的乱石,硬是在他的姓氏前
加上了铁拐

三　玉米地打来了电话

玉米地从马集镇金营村打来了电话

电话很急

像突然生病似的

铁拐老徐的拐杖,顾不得天空还飘着雨

高高举起

强迫一辆电动车,使劲跑起来

大规模偷袭的虫子,看到老徐的铁拐

一起吓跑了

连声感谢,来自贫困户李大爷

四　未开花的桃树

谢集镇捺山上的桃林,在今年的春天

有很多桃树

不知和谁赌气,居然没有开花

老徐用他的铁拐,苦口婆心找它们

一棵棵细谈

了解它们的困难,并答应立即解决

所有没开花的桃树,都被铁拐老徐感动

它们一致答应

明年的春天,它们一定按时开花

五　准备进城的鸡

铁拐老徐一走进新集镇老王的养鸡场

几乎所有的鸡

都敞开嗓子,鼓掌般地大叫起来

它们知道,老徐带来的两辆大汽车

上面有铁笼子

是专门来接它们,去城里的

它们看到主人老王脸上,全是满满的笑

它们计算好了

这次进城,主人就不再欠债了

从聋到龙(组诗)

赵鸿伟(浙江省宁海县)

一 失聪记

一个痛感的词
一群无辜的人

人过半百,他们已不在意失聪之因
不在意被手语和助听器出卖身份
不在意曾经的内向、冷遇和挫折
不在意仍被写成聋哑……

他们中的少数人,是我的同类

作为听力的幸存者，经训践
已学会视唇辨音，畅快书写
装聋作哑，恰好是特异之一

假装听不见声音里的垃圾，假装
喧嚣与我无关，假装心在寺里
让缺陷带来的落魄
像一枚落叶，夹进书本

"上帝关上一扇门的同时
打开了一扇窗"
窗是门的闺蜜
作为窗的眼睛，庆幸没有带坏心灵
时光深信给我的，我用诗歌深情回赠

每一行，都是燕子在春天飞过的痕迹
每一首，都是对旧日子的又一次哀悼

二　依赖记

我依赖助听器抓声音,已三十五年
交谈时,我用目光读唇语
比耳朵先抢到内容。此技艺
已练得八九不离十,以致仿佛
我的失聪,是假装的

我依赖诗歌徒有虚名,已三十五年
书是面包,诗乃创可贴。学会疗伤
学会分行,自救,把诗歌养成情人
爱诗里的自己,爱诗里的一点甜头
并乐此不疲,把这点甜头归还众生

我依赖单位安身立命,已三十五年
先福利厂、公安局,后报社
半路出家,遇文学,遇贵人,遇呵护
一段柔美时光,珍藏在心的扉页
感恩,是唯一的表白

我依赖空气和水苟活于世，已五十三年
因为找不到地址和收件人
请允许我，大恩不言谢

三　内疚记

"享受生活，享受诗歌"——
偶尔读到这条短信，就会想起他
和那些爱才不爱财的人，他们的好
让我内疚

他们是及时雨，滋润我的诗歌——
以前我的诗，肉里有刺，喊疼，发炎
现在，落寞如雪，在故乡的掌心悄悄融化

用半年的时间解决后半生的事——
他们用特殊的阳光逼退抑郁的阴影
让日落，翌日有日出的可能

让被大气候的闪电击伤的翅膀

有飞翔的可能——一条体制外的蛇

挺起腰杆后,是否有底气

从聋到龙

这,几近虚幻。但至少在妻女面前

写诗,不再是一件羞于启齿的事情

三等奖

《父亲的礼物》 刘佳欣　辽宁省阜新市
《我用诗歌感谢春风》（组诗）　马广乐　河北省唐山市
《耳朵》　连忠照　陕西省咸阳市
《红图腾》（组诗）　陈喜红　吉林省珲春市
《我仍然感受着宠爱》　王小旦　山西省晋城市
《盛开在五月的花》（组诗）　吴东正　甘肃省庆阳市
《北美蓟情》（组诗）　周苏秋　广东省深圳市

父亲的礼物

刘佳欣(辽宁省阜新市)

您今晚寄来的月亮很圆

夜幕邮递员已经把它

准时送达了

我撩开窗帘已签收下

这份温馨的爱

它比您昨晚寄来的乌云

心境清亮明远了许多

我挺好的,勿念

您在那边少抽点烟吧

我上周收到的雪花

有太多的粉尘

我用诗歌感谢春风（组诗）

马广乐（河北省唐山市）

一 我用诗歌感谢春风

从历史的心上启程
这一吹拂，就是四十年
款款的吹，吹在身上暖暖的
身旁，一朵不知名的花
回眸着春风拂过的一切
向东方的太阳叩首

四十年前的那个春天
我出门走向一种阳光的颜色

向一条路的缠绵致意

向树越来越浓的绿问候

树枝摇动着春的宣言

湖水藏不住荷香

一朵匍匐的云随时跃下天空的样子

一片草丛的背景

是蝴蝶的翅影迷住花朵的绽放

鱼,摇动着尾巴打开水的世界

从它身上长出的水纹,荡开我的想象

长这么大

我唯一喜欢的就是那隆起、繁茂、升温的倩影

月光不声不响走进水里

在水底打量我的情绪

我的诗句被岸边的芦苇摇醒了

得好好感谢那风

春风如酒,醉着我这个沾酒就醉者

一串鸟鸣清洗了天空

蓝,成了常客

正适合飞翔

天地充满了绿色,新长出的风声

携着一片云霞歌唱

踏过九百六十万平方公里的芳草

最后栖在我家门前的树梢上

轻轻摇醒我的早晨

饮醉时光的我,醉眼识芳容

岁月辉煌的转身,已成为一种习惯

倚身五月,该怎样感激这一片深情的吹动

今天,我就用一首诗娓娓道来

从大江南北的百舸争流到长城内外的群山耸立

从黄河长江合奏的韵律到每一缕炊烟飘出的芳香

从掠过蓝天的白云到每朵花儿睁开的媚眼

从一片绿叶的舞蹈到晨起钟声敲响的憧憬

一段段描绘不尽的风光

让我读出最壮阔的史诗

读出无边的鸟语花香、春暖花开的力量

促使我一路种下顽强

一脚迈进一望无际的春色里

再次感谢春风惠顾了我的岁月
在与时俱进中沐浴得我心旷神怡
就让我以诗作为琴弦
弹拨出新时代的祝福

二 四十年,我越走越强

人生的山,高高低低
在风风雨雨中起伏
每天,我晃悠目光的鞭子
放牧着诗的小羊

所有的往事仰卧在心灵的山坡上
割一片文字的草
堆在嘴角
嚼出的是淡淡的清香

随手扔下的笔

像一只领头的羊久久卧于纸上

走在四十年意境的山山岭岭

为何我越走越强

因为挽着我的是春天的臂膀

三　春的意象

殷殷的期盼久久蛰伏在风里

五月的脊梁上站着美

读大自然的目光

一览越来越饱满的意象

叩响麦子翻滚的金黄色波浪

深沉的静穆

在清朗的天空和广阔的大地间弥漫

迈进五月的门扉灿然打开的辉煌

绿色的热情与希望

涌进我们晨星般的眼帘

一片浓浓的胎音在时间的身边响了起来

春天之壳被躁动的憧憬瞬间啄破

所有簇新的灵魂呼之欲出

从清晰的梦开始

最亮丽的诗情匍匐在生命的内核上

阳光和目光交织如烛

映红选择之后的成熟

火红的鸽子扑腾出东方的云霞

远远地融入火焰似的心

融入四十年果实累累的意象——

耳朵

连忠照（陕西省咸阳市）

被命运捂住的耳朵

张大成雷达的外形

却捕捉不到

一丝微弱的声音

人在面前来来去去

车辆像波浪起伏涌动

风把暴雨从天空摔下来

大喇叭悬空

我的目光　还是

被无形的玻璃　碰得生痛

世界如此安静　沉寂

如同透明的夜

我只能渴望

我可以

用一只手掌去倾听

一朵花冉冉开放的声音

或者让我的味蕾

去品尝大珠小珠落玉盘

让我知道　它的滋味

是不是如同

母亲充满甜蜜味道的歌声

红图腾(组诗)

陈喜红(吉林省珲春市)

——正如我从远古独步走来,身心早已让普罗米修斯的火种点燃……

一

光环是谁的

褒奖声又是谁的

蛇皮鼓上跳舞的精灵

把跌宕的心震颤

一粒海边的盐巴

抹在干裂的唇间

站起来,站起来

这样才能给自己一个回答

二

每一段故事

是我们成长的记述

在雨滴房檐的季节

标榜着犀利的喧嚣

真理面前

认知增添了艺术的感染力

道路面前

"愚昧"成就了高尚

我的第一声啼哭

是我存在于世的彰显

以后的沟沟岔岔

不再是一种守护的责任

三

雷与电同时出击

在交加的震荡之间

我们蹒跚地走来

如醉酒一般

力量已经在头顶旋绕

经不起打击吗

经不起摔倒吗

为何还像犬一样匍匐

为何让自己那么胆怯

一片片秋后的禾苗都茁壮了

而面对自我的懦弱

不想再说一句

这只是暂时

明天拂晓就会改变晨曦的热度

四

我是天上掉下来的流星

为一杯羹活着

为"人"字倔强地活着

母亲给了我生存的热情

而上帝给了我伤痛

让我撕裂的肉体

在淡然中寻找支点

寻找属于大家的荣耀

为我腋下的拐杖

在荆棘中踏出悦耳的音符

完成众所周知的心愿

绘一幅硬朗的图画

写一首强壮的诗歌

剪一张傲雪的梅花

唱一曲温暖的春天

五

我把心的目标

筑在没有航标的海岸

让无数的幻象在我的脚下

融化成艰辛的图纸

纵横交错　四面八方

在那个被审判的站台

一起复活　一起成就

一起享受被释放的阳光

戒言再次从西奈山放歌

谁去用生命延续生存

谁舍身放弃留下美好

谁再一次高举火把而来

谁已经把众生当作兄弟

难道只是出现的榜样

才能助长大面积的庄稼

难道夜色有了月圆

才让欢笑注入人间

六

我于闲暇的早晨

在书本中找到了痕迹

体会了行为上的欣慰

既想现实的亲切

为我们接受抗体

何不卸下所有辎重

让自己踊跃地承担

属于自己活着的那份快乐

洪水来了,方舟也来了

你是在方舟上避祸

还是在洪水浪尖上舞蹈

你是瑟瑟发抖畏缩在舱底

还是接过青鸟递来的绿枝

给红尘一个微笑

给后世一个希望

七

有的时候

我腋下那对铁质的翅膀

助推着我走上山顶

然后再向山下滑翔

把山顶上的风

风上面的云

带向有温暖的河边

让河里的游鱼

载着你驶入大海

聆听美人鱼的故事

在海燕的尖叫声中

体会勇敢者的坚强

在闪电与雷声的交融中

看到人间真谛的一面

于此,在透明和不透明之间

一百个　一万个都已成烟云

八

我如沧海一粟

在键盘上点击绿地

寻找一个属于自己的沙滩

虽然我是一个残者

可我的心却在生存中

爱之永恒

矢志不渝

我仍然感受着宠爱

王小旦（山西省晋城市）

我仍然感受着宠爱，

是我从噩梦中醒来的第一感受。

尽管我已改变了本来的模样，

有一双温暖的手却把我紧紧拉着。

勇敢，努力，坚强！

我仍然感受着宠爱，

因为我不再是躺着书写自己。

尽管我已变换了原有的称谓，

却得到了一个令我热爱的特殊群落。

关爱，帮助，鼓励！

我仍然感受着宠爱,

在渺茫的困境中我备受呵护。

尽管相隔遥远素不相识,

那一份爱意却总是如期而至。

感人,和煦,温暖!

我一直感受着宠爱,

虽然如此我却是幸福感倍增。

我努力地实现自我,奉献点点荧光,

热爱的大集体是我启智开慧的泉源。

自珍,自强,自立!

我一直感受着宠爱,

生活的美好激励我去创造和描绘。

富强的祖国是我们和谐的家园,

党和政府是我们的自豪和骄傲。

我们有自己的新生活,

我更加热爱我们的事业!

盛开在五月的花（组诗）

吴东正（甘肃省庆阳市）

一 兄弟姐妹

可能是在昨天

眼若杏核的妹妹

和借用拐杖辅助的妹妹　都面若桃花

向着阳光照耀的地方走去

作为哥哥

任凭轮椅怎样飞奔也赶不上她们的执意

于是无数祝愿

排成了两行热泪

扶着助行器的弟弟

像是驾着一辆豪车

一步一颠　一步一颠

把十里山路当成了百米冲刺

对着他面前的崎岖坎坷　勇往直前

仿佛他是那个最后到来者

要用生命高攀整个世界

蜗居而眼望天空的三姐又聋又哑

终于在五月趁着阳光悄悄出发

到秋天了

三姐　趁着秋风

我来接你回家

二　历史

时间一晃就成了记忆

记忆一晃就成了历史

但继续前进的历史却从没中断

如同不忘初心　牢记使命

铁骨铮铮

1978年12月，十一届三中全会

邓小平提出改革开放构想

1988年3月，中国残联在改革开放中成立

高悬弘扬人道主义精神的旗帜　进一步

代表　管理　服务我的兄弟姐妹

四十年是一段

三十年是一段

一段总是连着另一段

就像手挽手心连心　同呼吸共命运

紧密相连身残志坚　自强不息的好多温暖

好多温暖　就像

生命初临　就像

光明到来黑暗走远　就像

一个家的兄弟姐妹

团结起来　无畏艰难

其实，不论三十年还是四十年

时间还在　历史延续

春风到时便会吹绿大地

三　活着

那一年

活在北京的史铁生

来自江苏的车前子

来自东北的代英夫、马才锐与内蒙古的敖继红

来自陕西的刘爱玲 和

西部甘肃董志塬上的我

还有其他的四面八方的五十余人

在北京为残疾人文学事业注入希望

那时的热血腾腾　至今还在激情膨胀

好多年没有联络了

好多年　一些人已经远到收不到信息

好多年　只有一些文字偶尔飘在风里

我常常想他们是否还一如既往

我在甘肃　现在以诗的形式记下他们的名字

就像 2002 年 12 月 2 日那天

朴方主席在国谊宾馆的动人祝词

"保重身体，多活两年——"

那时，有人当场泪如雨下

而此刻　我的花园

即便面临秋风肃杀

却依然活着五彩缤纷的夏季之花

四　五月的心境

五月之初　草长莺飞

暖色调的五月

蠢蠢欲动的五月　每年都有五月

都有这一年的梦想和颜色

就连去年深陷冻土的腐烂果核

也破土而出

五月之中　阳光灼人

这长久困于牢笼的心　那般

焦躁　好慌乱啊

无数排沓纷来的无奈

迫使我　迫使我

毫不犹豫地想着出去

五月之末　惠风和畅

出去

出到开花的地域

这终于迎来的暖阳高照

正好画下一生的构想

和一片惊艳与亮丽

五　梦

再远的历史　用一句话就可以表述

再长的道路　用两只脚就可以走完

但是　妈妈哟

我感到心急

我想要的健康未能实现

我想要的工作未能实现

我想要的舞台表演和赛场夺冠未能实现

我想要的自尊自立和自食其力　都未能实现

妈妈哟　如果还有时间

如果还能等待

如果就这么宁静地等待

如果一切都在绝望中充满希望

如果一切梦想都会成为现实

如果我的梦就和你的梦一样

那将会是一个多么精彩的未来

北美蓟情（组诗）

周苏秋（广东省深圳市）

一 荒凉之夏

那年盛夏　加利福尼亚的荒野里

我邂逅了一种奇异的植物：大蓟

干旱与灼热抹杀了浓绿

平远而望　漫山遍野

尽是白金灰银的色质

那活脱脱标本状形态的大蓟

寂然而壮观　瞬间震撼我心

走进、穿梭在密密麻麻的高大蓟丛中

仰望那枯萎泛白的大蓟茎秆上

稀稀落落的花萼

那顶端　花蕊干化的绒毛

亲吻着金黄色泽的阳光

干裂的地缝延伸至亿年的地壳

伫立在地表上的活化石

那不羁的残蓟的身姿

正是历经磨难的劫后生存

仿佛是远古留下的神秘遗物

在此与我命定的千年之约

蓟　摄取了我的灵魂

夏的炎热里　一股清凉注入心肺

二　妩媚之秋

待到深秋多妩媚，再来寻蓟

傲立的蓟　那稀疏孤零的花萼

仍然一如夏季的残象

闪烁着点点光芒的绒毛飞舞在天际

飘荡着　融汇在橙色的夕阳中

整片山谷顿显苍凉

只有微风在吟唱

山谷充盈着幽咽的回响

天空出现了紫色调子

无尽的云雾升腾缭绕着

竟然是经纬线上奇妙的幻象

在残蓟茎叶之上的舞动

那是蓟的孤傲与风流的跃动

试图营造金秋妩媚的巅峰

恰如叩问那流逝的岁月

醉心在宛若笛声

娓娓叙述的漂泊困厄

时光定格在如许苍凉

蓟的谷地　万籁无声

季节的错位使我释然

三　灿烂之冬

入冬，加利福尼亚罕见落下了点点细雨

感应着说不清的契约

我向蓟的山谷奔去

毫无寒冬的凛冽

荒芜的坡地上诞出浓浓的暖绿

簇簇在萌动、铺展

呵，仿佛要见证一个远古的传说

在甘霖般细雨的催生下

短短数日　新蓟的茎叶成形而出

齿裂的叶子怒指天际

茎秆上无数硕大的花蕾

爆裂出它神秘般的花蕊

呵，紫色，淡紫色的花蕊！

浓绿的茎叶托举着一派紫色升腾

绽放闪烁的那片灿烂

颠覆了季节、颠覆了想象、颠覆了逻辑

蓟的丰腴、蓟花的奇艳令我匍匐

冬日将尽，北美的蓟长得旺盛、蓟花开得最艳

看那蓟花多灿烂

感叹上苍造化的神奇

四 春之平淡

春天来了，蓟花灿烂如靥

不论是露珠浸湿衫袖的清晨

还是阳光醉在头颅的正午

或在暮色笼罩下的谷地

蓟花以它的紫色与迷情

尽情展示着它的丰采

吮吸着冬日存留的甘霖

蓟花要留住它最后的娇艳

一旦夏日的烈日肆虐

将带走岁月的记忆　摧残大美的容颜

当蓟花开始褪色、归于凋零

呈现出那白金灰银的色带

染遍了夏季的一片山谷

花萼与花蕊交融成飞絮的粉末

在苍穹轻舞　飘散着撒向大地

消遁在泥土中　孕育着来年的再生

祈祷上苍

骨子里我将蓟奉为了至圣

与蓟相遇　我命定的一段造化

这段奇缘　更是上天的眷顾

五　慨然唱归

且不说蓟是西方受祝福的圣物

蓟　是苏格兰的国花

希腊神话里的心如针刺之喻

抑或是安徒生笔下巴斯拉斯田野的蓟花

它还是宝岛玉山的象征

唯有我所见的这片北美谷地蓟花

期许在苍茫之后

使我魂牵梦绕　终生难忘

大美之蓟——烙印在我的脑海

奇艳蓟花——荡漾在我的心里

见证了北美大蓟成长的过程

心中油然升起庄严情感

感悟蓟惊人的再生力量

感受蓟顽强乐观的向上精神

景仰那奋斗中绽放的美丽

犹如暗夜中的一盏明灯

照亮了我的心扉

让我带着满满的蓟情

走出迷思的梦幻

从北美唱归祖国!

优秀奖

《靠山屯来的维纳斯》 李文山　湖北省荆州市

《煤油灯》 廖俊　重庆市梁平区

《失语是我这辈子最大的疼痛》（组诗） 左右　陕西省西安市

《我"看见"声音》 张元芳　甘肃省定西市

《我坚信我的翅膀没有折断》（组诗） 赫亚静　吉林省吉林市

《岁月风影》（组诗） 连少文　宁夏回族自治区固原市

《灶台上的视角》 郭坤军　湖北省荆门市

《使用筷子》 裴冰清　江西省庐山市

《相伴》 段凤姣　重庆市渝北区

《轮椅的青春》 林玉君　黑龙江省东宁市

《春天里》（组诗） 李看蒙　重庆市巴南区

《强者之歌》（组诗） 王菁禹　辽宁省阜新市

靠山屯来的维纳斯

李文山（湖北省荆州市）

从靠山屯来到大红门闯荡的爱新觉罗后裔
用断臂与樱唇撑开细花伞，不惧天空时晴时雨
一朝发祥地的山水间乳峰高高挺拔
一枚熠熠闪光的共青团团徽令人肃然起敬
自己无手缝制的连衣裙洁白而时尚
维纳斯般飘逸在北京热辣辣的阳光里
飘逸在皇家苑囿南海子正门热辣辣的目光里

命若琴弦，任凭疯子般的风撕裂
死神肆虐，任凭醉汉般的雨盖顶

她坚持搏击的操守在眩晕的天空下巍然

面对艰难困苦高唱一曲自强不息之歌

给同样命运多舛的人以沉着的目光

给同样残缺落寞的花以必胜的信心

英武的两代帝王都的皇子骑马出行

敞了胸膛，火了盛京，冲出山海关一路追击

追到你落脚的大红门服装城

被一片灵山秀水所震撼，顿时明亮了瞳孔

挥手从断臂维纳斯的身旁走过

都会不由自主地转过头来惊呼

看见了从海中浪花中出生的爱与美之女神

然后，石人山巅向日葵一样伫立

你不喜欢"东方鲁尔"三月的小雨淅淅沥沥

同样也不喜欢所谓高贵人怜悯而含歧视的眼神

愿天下人所有的日子都是阳光般明媚

太阳石般晶亮的眼睛微笑着

让火辣辣的太阳从那些热血激流的胸膛里

快乐而艰难地从靠山屯升起

哦,从靠山屯到大红门闯北京的维纳斯
从不炫耀先祖传旨"此山王气葱郁,可为朕寿宫"
不仅仅有希腊神话中阿弗洛狄忒的美丽
不仅仅有中国故事里折翼天使的坚贞
是男子汉,你就大胆去爱吧
她不会莫名其妙地爆发所谓格格的脾气
更不会随意剪碎或踩躏你青春的记忆

煤油灯

廖俊（重庆市梁平区）

走远的故乡

被乡愁喊回

蒲公英在寒冷的风里

举着送走母亲时的挽幛

门前，被风吹弯了腰的柏树

极像彻夜哮喘的父亲

一盏煤油灯忽明忽暗

那时，母亲就坐在八仙桌旁

为我们兄妹缝补破旧的衣裳

曾经四世同堂的廖家大院

我用尽全力也无法推开

那扇虚掩的大门

门外，那条奔流不息的小河边的石磴上

依稀回荡着母亲捣衣的槌响

一声、二声、三声……

路旁，野菊花清香扑鼻

母亲尚未消散的体温

仿佛仍守在八仙桌旁

缝补我站立不稳的生活

那盏忽明忽暗的煤油灯哟

几时才能照亮母亲

忧郁的眼神

失语是我这辈子最大的疼痛(组诗)

左右(陕西省西安市)

一 失语是我这辈子最大的疼痛

去包头工地之前

他趁我午睡

买来一袋核桃

塞进我的包里

等我醒来

他匆忙走了

我追到公交站

他正笨拙地拖着行李箱

在车厢里走动

我想大声喊一声:父亲,等等我

但声音

像一块冰冷的铁

紧锁着我数十年挣扎的喉咙

二　童年真好

我问一个跟我学写诗的小学生

长大后的理想

"我长大了

要和你一样

成为一个听不见声音的人"

三　期盼

父亲年近花甲。

他最大的盼头,是我早日结婚,成家立业

母亲没有文化。

她一直自言自语：要是能过上美好的晚年就好了

她还不忘提醒我，想早点抱上孙子

大姐，一个和我一样从小失聪的人，一个孩子的母亲

一家洗衣店的女工

她总给我买好吃的，希望我有一天能发大财

改善一下她和小外甥女的生活

我小妹，也对我有同样的期盼

我的班主任，他多次给我写信，叮嘱我多出书、多获奖

让他退休后，跟乡党有一些炫耀的资本

我众多的朋友、同学、同事

都在祈祷，我有一天能够听见

每一天带着这些附加的期盼

小心翼翼、痴心妄想地生活

很多年了，越小心，越就觉得

我这辈子，就这样快完了

我"看见"声音

张元芳（甘肃省定西市）

无形的屏障，挡在耳边
天地之间，无限静谧
自然界的声音，总莫名吸引
我唯有用眼睛去看见声音

我看见风"呼呼"地从树丛穿过
将树叶吹得"沙沙"作响
于是，雨骤然而至，漫天遍野
"哗啦啦啦"或"淅淅沥沥"

我看见蜜蜂"嗡嗡"飞舞

小鸟儿,似乎也在"呢喃啁啾"

山涧清泉,"潺潺"流淌

海边潮涌,"咆哮怒吼"

清晨,雄鸡一声高昂的"喔喔"

唤醒了宁静的村庄

于是,

鸡"鸣"狗"吠"、羊"咩"牛"哞"陆续奏响

袅袅炊烟里,是一幅如诗如画的田园风光

春有鸟语,夏有蝉鸣

秋来虫声,冬季雪落

四季有声,天地如歌

那是自然中最美的天籁,可惜今生已无缘

我坚信我的翅膀没有折断(组诗)

赫亚静(吉林省吉林市)

一

一场风暴洞穿我的身躯

生命的经络,刀砍斧凿

留下永远无法消除的瘢痕

即使乾坤朗朗,这一生的伤痛

也像阴天一样时常发作

我再也无法控制梦想的痉挛

雏鸟还在巢中就已经折翅

从此,长路只是我眼里的远方

无论那里是多么美丽

都只是一副拐杖的哭泣

二

命运关上了那扇通向阳光的大门
诗歌却为我打开照进明月的小窗
一盏小灯支撑我残缺的春夏秋冬
我的憧憬蹒跚在无数个黄昏黎明
每一个锦缎般精致的汉字
都是一朵绽开的月光花
让我吸吮到人生未曾泯灭的芳香
每一行美丽到极致的诗句
都是为我长出的健壮的足
引领我徜徉于文字天地
每一篇云卷云舒的曼妙
都为我展开飞天曼舞的羽翼
甚至伊甸园也会在不远的地方

三

我终于知道,我的翅膀并未折断

我的心仍然可以飞翔

如一朵蒲公英,无论飞到哪里

都会在阳光下绽放缤纷的梦想

如一株昆仑草,无论长在哪里

都会在贫瘠里长出坚强

我坚信,我一生都将坚信

我的翅膀即使曾经折断

残缺的美丽一样可以创造辉煌

岁月风影（组诗）

连少文（宁夏回族自治区固原市）

一 怀念

阳光带刺，戳伤一个残碎的肢体

扭曲了影子的原形

侧耳紧贴一块脚印

仔细聆听日子跌进泥土的响声

留恋这一片土地。曾经

那些荡响着的亲切声音

和梦中的故事，依然继续

试问冷漠和诅咒

是谁又能安抚这罪恶之身

柳絮飘飞的日子
阳光依旧从容
揣摩那些渐渐远去的回忆
从未凋谢的思念
久久徘徊

用一壶老酒
把干涸的怀念
浇灭成灰烬
让慈悲的死亡之花
绽放在记忆的胸口

此刻,我那长眠于黄土之下的亲人
一个个跃出了土地
怀念,紧缩至唇间
习惯在深夜的白光下服侍一盆花草
习惯在服侍完花草后的梦里

再次遇见你

二 风

风,摘走了生长在头顶的青春

白云低头,俯瞰生命

风,总会在适当的时机无情出手

消磨生命与毅力

摇晃着

捡拾日月的身影

一场持久的空旷过后

置身黄昏的河岸

清点这厚重的人生

冷清如石的风

把一层一层剥去的生命

扔在了辽远的暮色中

夜色落临之前

风把一片火光

醒目地推向天边

三　一朵云

一朵云

自在地浮在空中

用寂寞

压弯了山峰

在一个安静的时空

舒卷着思绪

渗入无垠的苍穹

在街道的一处角落

我观看那片云

若近若远

四　夜行

深夜,一个脚步在梦中彷徨

沧桑遮住了眼帘外的视野

封杀了在霓虹里徜徉的目光

执一笔浅墨斟酌

未了一片苍茫

深秋的寒意

冷落了星星的洁白

遥远的潮动

守候着一片幽香飘逸的夜空

蓦然,想续一份不老的青春

鸟儿在梦中发出一声声问候

用最温馨的言语描绘漫天的思绪

把一滴泪洒在屋外的某个角落

不经意间,一丝忧虑

牵动了情怀

如同遥远的堡垒

不远处,火车的鸣叫忽远忽近

一盏路灯,散发着萎缩的白光

一个在梦中寻找星座的浪人

手捧一把黄土

在等待一场雪的洗礼……

五　细雨

一片云海,缓缓盖在了山顶

成为山的一部分

细雨。把酝酿多时的低调

也不再收敛

天地被这巨大的雨雾分开

绿的树、红的花和青的草

它们无比平静的样子

与一个立在细雨中咀嚼着几颗文字的人

似乎没有一点的关系

这么想着的时候

突然

几滴柔软的没有一丝骨头的细雨

落在了鬓角的皱纹里

还没来得及分辨清是哪一滴

起伏的微风

疏远了一个

只剩下碎片的秘密

灶台上的视角

郭坤军（湖北省荆门市）

无限接近灶台旁的水缸边

砧板与菜刀上的几滴水珠

慢慢蠕动，试着嗅出春天的青涩

不同的叶子挤出相同的硬伤

宽衣解带展开追逐

锋利的刃，让初吻留下一段痴想

仿佛偿还那把刀带来的暧昧

让灼烈的目光聚集到整齐划一的莴苣

灶具边的油盐酱醋

早已做好了相互携手的行动

黄瓜与青椒也抱着几滴水

彼此清白，界限分明映出刀的痕迹

为选择一个反射光线的盘子

将彼此和谐展露出来

任由吐露清香的水气四周漫延

以生和死的定义似乎难以解释

每一餐菜肴的是非功过

曾经的生长只为入口的瞬间

争先恐后的重叠

落在密不透风的锅内

使用筷子

裴冰清（江西省庐山市）

使用筷子

总将可口的菜肴夹起

使用筷子

总想起六十年代的父亲

那双被盐水浸过的竹筷

以及筷尖一口口苦涩难咽的故事

于是每次用饭

父亲

逝去的父亲

总以一种特定的方式

让我想起那双竹筷

将失落桌上的饭粒一一夹起

窗前的银杏总是绿了又黄

黄了又绿

当人生半百

某一日醒来

看见光秃秃的树干

忽然从心底升起

一种酸楚

让你从眼角、鼻尖到舌根

依次感受

特殊的味道

相伴

段凤姣（重庆市渝北区）

这是生长在一片峭壁上的野草

她们扎根于岩石土砾之间

踱步走过春与秋的轮回

历经冬雪寒风的洗礼

努力地汲取着生存的养分

期盼着为世间的美景增添自己的光彩

在春雨暖阳的滋润下

当春风微拂过头顶

感受着那独属于春的鼓励

她们迸发出积蓄已久的全部力量

只为冲破山石的阻碍

看看那一片生机盎然的大地

在狂风暴雨的袭击下摇摇欲坠的她们

是在树的帮助下

才得以继续地顽强生长着

在炎炎烈日下垂头丧气的她们

只因有花与昆虫的相伴才能走出那颓靡的时光

才能重拾心情大步向前

当丰收的热闹之后

日渐成熟的她们

已经能平淡地看待人生的起伏

而她们的生命之花也已绚丽绽开

世间艰难险阻再也无法影响她们

只因有他们相伴同行

轮椅的青春

林玉君（黑龙江省东宁市）

我是车子的变异款，

椅子的升级版，

是车与椅的结合。

我并非出身名门，

没有显赫的名气。

既没有奔驰的厚重，

也没有宝马的大气，

更没有皇家座椅的雍容华贵，

嫁与豪门自然不是我的梦。

轻便灵活是我的特性，

经久耐用是我的个性，

不离不弃是我的使命。

我用并不强悍的身躯，

承载着主人，

对生的渴望，

对活的追求。

有朝一日，

我定要陪伴我的主人，

奔向远方，

浪迹天涯，

感受天赐，

去拥抱阳光，

接纳风雨，

洗涤尘封已久的沧桑岁月，

闯出一片属于自己的天地，

展现不一样的精彩人生。

这就是我的青春。

春天里(组诗)

李看蒙(重庆市巴南区)

一 早啊,祖国

瓦盆里的红土是她两元钱买的

花籽是闺蜜送来的

奶油面包,水是免费的井水

风的好处是醒着的风却忘记了还有风醒着

往窗外看的人

也往天上看

小车摩托公交车和白云有各自的节奏

徒步的人需要一个影子

正如天空需要飞鸟一样

寂静是浮在水面上那层水雾

凤鸭刚刚湿了红掌

山坡的枫香树,最终还要反复抚响

二　追

再漫长的路我也要走

五百年的路保有一颗高原之心

有时云朵急,湖泊不急

总有一条高速,跑着,跑着

跑出我们的骨头

总有倾泻而来的事物

我选择聆听

大地苍茫,村庄绵延。我赞美

柔情和植物心

如同赞美端坐的花朵、善良、真爱和美

总有一座高山在溪边停顿

瞧，那些孩子

他们掬水的样子，他们追逐的样子

我也喜欢叫作植物

每当阳光贯穿蓬勃的树枝

他们就无声地敞开

有时树不急，春风急

总有一个孩子奔跑在它面前

跑着，跑着也就远了

三　新年

　　——1月12日，星期二

残联工作人员没有专车

只坐乡村巴士，在春节的公路上

他们在电话里说

还有二十分钟就到我家

杨容拄着双拐　第一个对我说

"理事长是她的朋友,
二〇〇九年他们在家中过团圆年"

看见大米,我赞美雪
雪花也有大米雪白的心思
我是火的时候,它们在水中长胖

看我亲自淘米,米在水中
欢快地追逐,一群梦想中的孩子
逐——水——而——居

四　赞美诗

西南以南,我住在你的南里
我常常这样安慰自己
把你的南交给山
交给远去的云,交给一早赶到的长江水
交给父亲的姓氏
交到我们的名字里。我爱白云就是白云

一落下来就长成我们的村庄

南风里的孤独，越吹越静

北风里的山岭，越攥越紧

看你的南风一直南到茶花红

草场靠你的植物养着

莲花靠你的南风吹着

建筑在你的南里一路起伏

你的南风随便拴着一个地名都美

我要怎样才能配合你的南

油菜花漫延开去，我情不自禁喊起来

在你的南里浩荡吧

汹涌吧，陡峭的金黄

就这样成全了我

强者之歌(组诗)

王菁禹(辽宁省阜新市)

一 六弦琴弹响的周末

调好了

那根喑哑的弦

那被手摇车的辙痕

蚀掉的月亮

又升起了

升起在你欢快的琴声里

生活

已不再有缺憾

不再有春天的泥泞

生活是轮满月

是一把琴

听你把强者之歌弹起

穿过拥挤的十字路口

挤进舒缓的周末

挤进周末的吉他培训班

聚拢了那么多目光

那么多赞叹与好奇

第一课当真由你来上

十指弹着自信

弹着你自身再现的主题

二 苦丁茶

你只是天地间

一片饱经风霜的

叶子,被命运的手

揉成窄窄的一条

只有在滚沸的水里
才能重新还原成
一枚叶子,一片芳林
一座青山,一方水土

沁脾的茶香
赏心的淡绿
让阳光的味道散发出来
让生命的味道散发出来

只有品味了
才能更好地感悟

三　邂逅

用惺忪的
目光,击碎

记忆的岩层

我如深藏其中的

化石鱼

又鲜活地

游向你

簇着

人的涌浪

洄游在

过往的时光

找寻珊瑚样

美丽的语言

诗水草般漂浮

还有什么

是你做不到的

可否让激情

再度火山般喷发

让炽热的熔岩

再次将我淹没
覆盖

即使经历
再多的沧海桑田
我还是那尾鱼
保存着
你的今生
我的前世
还有那留给未来的
感动

优秀入围作品

《守望相助,展开一场穿越时空的信仰对话》
　　　　　　　袁斗成　广东省广州市
《虎林任教满情怀》(组诗)　金涛　湖北省武汉市
《平等之花漫野天涯》(组诗)　吴琦　辽宁省阜新蒙古族自治县
《帆知道答案》　许波银　江苏省如皋市
《刘智凯的诗》　刘智凯　辽宁省大连市
《慈善的力量》(组诗)　王红斌　宁夏回族自治区银川市
《付建锋的诗》　付建锋　陕西省西安市
《我的春天一直盛开》　宓国贤　浙江省杭州市
《共享芬芳》(组诗)　李子燕　吉林省榆树市
《无声世界　无尽的梦》　杜宏艳　内蒙古自治区兴安盟
《风雨中的向日葵》　陆梦蝶　宁夏回族自治区银川市
《远方》　王苏华　北京市
《生命的礼赞》　梁亚军　陕西省宝鸡市
《史军昌的诗》　史军昌　河北省邯郸市
《陈朝峰的诗》　陈朝峰　河南省平顶山市

守望相助,展开一场穿越时空的信仰对话

袁斗成(广东省广州市)

母亲的乳房因了十月怀胎而饱满

承载了分娩的疼痛和喜悦

以婴儿呱呱坠地的啼哭开始人世间最美丽的天理循环

只是一次意外　一个小小的疏忽

欢歌和笑容戛然而止

携带惊慌　泪水

艰辛在生命的词典里蹒跚学步

尾随桃红柳绿的身影

唤醒了五月花艳丽持久的芳菲

接受山峰与河谷　鲜花与小草　鸟飞与虫鸣　阳光与雨水的礼物

一步一步成长的过程

　暗藏了高洁　　美丽　　关爱的颁奖词

坚强与坚韧弹进体内

爱是通用的语言黏合了天堂与人间的沟壑

岁月蹉跎

不断折叠或铺展五千多年的文明熠熠生辉

扶危济困　　乐善好施

关怀与尊重的信念淬火成钢

长城脚下是故乡

长江两岸是家园

周而复始拔节　　抽穗　　灌浆　　收割

直到颗粒归仓的庄稼

逐一验证了种瓜得瓜　　种豆得豆的农谚

擦肩而过一声问候

善意的眼神　　轻轻一碰

校园里琅琅的读书声　　工业区的繁华　　浓缩了时光精华

技能培训　　助残招聘搭建了通向成功的管道

从来不需要一纸承诺

漫漫人生扶一把　送一程
俨然一棵树经历了轮番修剪　抚育
凝聚向上生长的力量　在风霜雨雪中磨砺
追求每一个生命的节点日臻完美

文明和道德的高度　以悲天悯人的胸怀接纳秀山奇峰
清溪碧泉入怀
善良和爱心用平凡的方式传递到每个人的神经末梢
描绘一幅生动的画卷
抵达灵肉最柔软的部位绽放灿烂佛花
手心相握　目光对视
以亲情　友情　乡情的接力完成一次次嘱托　交融
健康心灵滋生了独立自强
艰苦奋斗的品质　弥补肢体的缺陷
脱胎换骨后的重生
因了暖暖的家国情怀卡在喉咙里怎么也取不出
借用一杯弥留香气的液体
茶或者美酒表达感激　呵护幸福的密码
我们都是一家人　登高　饮茶　对月　听风

配以花朵绽放的惊喜

弹奏曲曲爱的和弦余韵悠远

溢出快乐与和谐的基因种入灵山秀水的子宫

包容了匍匐守候的初心

代言美丽中国梦的芳华

虎林任教满情怀（组诗）

金涛（湖北省武汉市）

一 碧空

虎林的天，纯净、透明、瓦蓝。
这种蓝，在内地城市很难见到。
天空宽广，大地辽阔，而天空
并不孤单寂寞。
白天太阳当空，夜晚繁星做伴。
我站在碧空下想：什么是永恒？
啊！永恒就是日出日落，
永恒就是黄昏黎明。
永恒就是花开花谢，

永恒就是死死生生。

二　白云

虎林的云彩变幻无常,好比人生。
浮云的白色,在内地也很难见到。
千姿百态的云烟,都有一样性格。
既不积累实利,又不收集虚名。
憨厚、宽容的白云为了后世
肯于勇敢地自我牺牲。

三　日出

来护林时,残雪尚未消融。
惊蛰的早上蛋形红日
从地平线上冉冉升起。
春分时节仍飞雪花,
我再也没见过日出。
醒来日头已挂悬天空。

当地人端午节要爬山看日出。

我下决心夏至看日出。

而三点醒来,早已天明。

此时阳光已斜射入室,

摄影也无需使用闪光灯。

这里是中国较早见到日出的地方。

四 绿景

立夏在五月,此前

树都还没发芽,尚未露春意。

绿得最早的是小草、柳树。

沉寂了几个月的麻雀

成群地飞出来啁啾。

大概是催人们动手春耕,

随后到处飞起杨絮。

不在外不知归家的期盼。

我多么想有个家啊!

我愿心里多一些绿色春意。

五　风

几十年过去了,这里
增加了不少院墙。
不过这儿的房子不拥挤。
天苍苍、野茫茫。
风,在这儿任意流动。
风,有时呈现出不同性情:
疾风、狂风、暴风的焦躁,
清风、微风、和风的温顺。
狂吼中包含着追求和召唤,
文静中充满了和蔼和体贴。
阵风刮过去,还会有新风生成。
春天过去还会有另一个春天。

六　我自己

我几十年如一日,早起锻炼。
初夏的早晨,空气爽朗。

做操后,我独自冥想:

我虽无灿烂、辉煌,

也未受难、遭殃。

平平淡淡地活了六十多年,

一个人在外,少了交往

自然会感到寂寞孤单。

我盼望能看看乌苏里——

自南向北日夜流动不息的大河。

江边的岸,江中的帆

也许能改变我的心情思绪。

平等之花漫野天涯(组诗)

吴琦(辽宁省阜新蒙古族自治县)

一 当我平等地去飞翔

如果湛蓝的天空永远属于鸟儿

我不愿永远做黑夜里的星斗

拥抱党的太阳镀满金色之光

字字如爱暖暖踏入心房

当我用丰满的羽翼深情眺望

仿佛看见　一朵朵党之红霞将我普照万丈

当我平等地去飞翔

祖国的拥护

如山如海　如涛如浪

当我平等地去飞翔

金色的羽翼

从此成为奔向浩瀚的梦想

没有党的政策方针

四十年来的改革开放

折翼的鸟儿不知何处是家

漂泊的心何处安放

当我平等地去飞翔

我便用白纸折叠了一只千纸鹤

用心血将它染红　融进我的思想

原来千纸鹤的身姿　气如长虹　鸣声震天穹

中国之大

党如我家

党的花朵漫野天涯

二　党的温暖使梦想之路百花齐放

梦想是每个人命中的一片海

意志力在成长中逐渐成为一片帆

向左　向右　还是直接到达彼岸

风雨中　我是找不到家的海鸥

每天清晨　海上依然日出

我想　那是党的旭日东升

红彤彤的太阳

给予人火热

映照着四十年来改革开放的幸福生活

我便安然

我也是生活中的一分子

从此　党的太阳拥抱着我

我便在梦想之路克服坎坷

梦想之路拥有党的温暖

残缺之花　在智慧百花园中

因为特殊的保护

随着时间

百花齐放

帆知道答案

许波银（江苏省如皋市）

四十年前，
我无数次地在江边徜徉。
寻问过往的帆，
听说大海有座桃花岛，
上面有诗和远方。
可滚滚向前的岁月，
给我留下的只是一串泛着白沫的遗憾。

四十年后，
自强让我学会了成长。

平等参与,

就业保障,

读屏软件加互联网,

我敲击键盘,

问候那叶远去的帆,

别来无恙!

大江依然在流淌,

新时代又一次拉响了汽笛。

"一个不能少"在两岸回荡,

百舸追梦,

我站在春的甲板,

笑着告诉那高高扬起的帆,

这里江水绿如蓝!

这里就有诗和远方!

刘智凯的诗

刘智凯(辽宁省大连市)

一 春天的方向

我们都看到你了

你煦风般的花形虹影

隐现于一群白天鹅的胸脯与翅膀之间

一路向北,向北

在我们共同的视线上

你一个桃红样微笑的表情

承载着天地对万物的呼唤

让所有的生机找到温暖的方向

就在这里和冰雪告别吧

当惜别的泪水洗亮了山川和原野

你伸展开鹅黄的手

把万千柳丝的柔情

摇荡出春江花月流韵悠扬

也在这里和开始同行了

你朝夕前行的时光

就是我们要经过的地方

向着美丽开花

迎着芬芳歌唱

守着梦想耕耘

朝着收获成长

不会抛弃　也不会遗漏

每个角落都在引领春天的方向

跟你到天涯　到海角一如回到热恋的故乡

放出去的风筝飞进了天堂

二 丁香之约

还是那么宁静着微笑

还是那么优雅着惆怅

在我到来的时候

远近都是细致的花音

阳光正青春洋溢

为你策划最适宜的温度和姿态

一片芬芳的紫色浪潮

弥漫着召唤

浪卷浪舒

这一簇一簇的春梦之约

这一簇一簇的丁香花开

我的衣袖要带走你

挥不去的馨香

很多理由的牵挂

随光阴攀上枝头

张望相逢

三　行走在野草的天堂

经过荒原，荒凉已装进行囊

蓝天挥动阳光的长鞭

放牧着荒草

疯长的快乐

在连绵的寂寥里歌唱天堂

摇甩着如浪的长发

和矫健的风舞蹈

那些野花不知有没有名字

自顾自地要开便开了

罂粟一样妖美而芬芳

一场梦正在开始

没有预兆，也不曾奢望

没有等待，也不曾迷惘

从哪里来的又能怎样

面前就是相逢的远方

和一道阳光相逢

和一路清风相逢

最后，一定要和一场激情的电闪雷鸣相逢

落红处，祭出一弯彩虹

青春的花瓣漂在河上

那河一直是这么纯净

仰望的姿势

仰望一棵草木的青黄

迎接一滴从叶上流下的露水

这时，河面悸动一团花朵一样的漩涡

围住那花瓣一如花蕊

花瓣上闪亮着一颗

星星一样宁静的泪珠

慈善的力量(组诗)

王红斌(宁夏回族自治区银川市)

一

当爱的阳光洒满大地

我听见种子破土发芽

传出咯咯稚嫩醉人的笑声

当春的讯息被燕子带来

我听见冰封的河床挣脱束缚

传来春水愉快高亢的歌唱

当爱的海洋掀起暖湿的洋流

我看见 看见我们的世界

霎时普降人间的甘霖

当命运遭遇不公的安排

我们不再沉溺于抱怨和悔恨

当事实已然无可更改

我们不再消沉于自责和悔恨

因为　有那么多的爱

铺就了我们前行的坦途

我们没有理由失去机会

因为　有一路美好的风景

在向我们召唤

我们没有借口退出出游

因为　有你有他的盛情邀请

我们没有托词失掉生命的机会

我们不再是弱者的代名词

自强不息才是我们最好的注解

我们不再是累赘这样的贬义词

奋发有为才是我们最好的证明

在神秘的试验室

有我们缜密的计算和实验

在键盘敲击的声响里

有我们输入的思想和蓝图

在机床急速的流程里

有我们架构的设想和理念

在现代产业的转型里

有我们的设计和概算

在和谐荡漾的家园里

有我们融入的花香和蜜语

因为　有了你的关爱

我们才有活着的自信

因为　有了你的关照

我们才树起生命的尊严

因为　有了你的一路呵护

我们才有了

披荆斩棘勇往直前的果敢和勇气

二

与你同行

从此　我们不再孤单

在铺满阳光的路上

我们走出写意的人生

与你同行

从此　我们不再寂寞

在充满爱心的征途上

我们撒满感恩的种子

与你同行　我们不再彷徨

在布满荆棘的人生征程上

我们拥有披荆斩棘的勇气

是爱心

让我们精神富有　心灵充实

心中每天都升起不落的太阳

是爱心

让我们情绪飞扬　思绪万千

心里时刻都汹涌感念的波涛

是爱心

让我们情感厚重　感慨万千

心头时刻高扬生命的尊贵

大度无边的爱心啊

托举起我们所有的梦想和渴盼

回肠荡气的爱啊

充实了我们所有的灵魂和良知

无私无畏的爱啊

鼓动起我们所有的心帆起锚远航

人间有爱　爱心潮涌

大爱无疆　浩渺无垠

涓涓细流　成就大海

点滴爱心　汇就大爱

知足　是我们永恒的感念

感恩　是我们永远的信条

回报　是我们最好的应答

三

当灾难突袭

我看见

看见许多人伸出的手臂

森林般遥相呼应　郁郁葱葱

当祸患降临

我看见

看见许多人慷慨解囊

潮汐般前呼后应　纷至沓来

当贫弱来袭

我看见

看见许多的人奉献爱心

烈日般无私无畏　汹涌澎湃

担当道义的人们啊

总在最需要的时刻出现

以自己的爱心化解危机

肩负责任的人们啊

总在最危急的关头现身

以博大的胸怀消融危难

拥有博爱的人们啊

总在最饥渴的时刻出面

以自己的方式布云施雨

一双手两双手无数双手

叠加的力量啊

排山倒海势不可挡

一个人两个人无数个人

累计的分量啊

千斤万钧汹涌澎湃

一颗心两颗心无数颗心

蓄积的爱心啊

滔滔不绝源远流长

因为爱

我们的世界才和平安详

因为爱

我们的家园才幸福安康

因为爱

我们的日子才吉祥绵长

因为爱

我们的地球才日久天长

地球需要爱的呵护

人类需要爱的滋养

生活需要爱的浇灌

人们需要爱的奉献

让我们手拉手

把爱的温暖延续

让我们肩并肩

将爱的接力传递

让我们心连心

使爱的力量永恒

付建锋的诗

付建锋(陕西省西安市)

一 在长安街头

我总能看见另一个我在夜里的街头摇曳,
此刻,我却以挥舞双手的身姿迎接黎明
也许,我再也追赶不上我的意念了
也许是,它历经的严寒和漂泊太久了吧
我无法改变肢体的衰老,却深知它发出的力量
在这个小小的城市里行走,我已满身疮痍。
我总能看见一个我在夜里呼唤,
在这孤寂的城市里诉说真情,没有人能懂得,
也没有人懂得这夜里花开的声音,夜莺的啼鸣,

没有人看见我对一株荒草的深情，
也没有人懂得我的心扉。

每一个孤单的夜里总有一个孤独的我行走，
在长安城街头，从东头走到了西头，
这世间，遇见的每一条河流，每一朵野花，
每一片叶子，每一粒尘埃，
每一个活着和濒临死亡的人，都陪你走过……

二 念

莫要念我，念我……
莫要说，莫要用娇艳的玫瑰打动我，
就让河岸的柳枝在风中荡漾；

假如想，请深情地向我告白，
请你在孤寂的夜里歌唱，
这样，我定能听见！
我承认，我有一颗不安分的灵魂，

我梦寐以求的是，

春天里，我们一起在田间的小路上奔跑；

看油菜花渐渐地泛黄，还有塬上的迎春花。

那时的我，肯定是昂首阔步。

我喜欢，你以如此的方式与我一同前行，

不要说我，多情或者可爱，

不经意地道一句：我就是一个天真的孩子……

三 冬

雪纷至沓来，

落在无垠的河面上，

泛起无数光芒，

梧桐树上再一次落着小小的麻雀，

邮递员在路上，春燕在南方，麦苗在田野上，

都是我所热爱的，也包括这平原上的人们，

捧一本书在一棵槐树下，沉浸这风雨年华，

心中泛起轻轻的怜悯，不轻不重的……

我坦白，在这短暂的尘世我也有清晰的灵魂，
假如六月给予我风雨，请在十月给予我温暖。
这人间，我不敢奢望，假如白天给了我悲痛，
请在黑夜给予我更多的安慰。

余晖落在村庄上，
我还依如往故地活着，
如河边的枯草，
在冬日的风里，
响起这孤寂的啜泣声。

我的春天一直盛开

宓国贤（浙江省杭州市）

我出生在秋天，我是春天的弃儿

我出生那年，一片落叶

砸断了我的双腿

像不期而遇的冬天，像雪的原野

阻断我所有的远方

是的，春天抛弃了我，包括远方

我的童年雪一样苍白

我的青春夜一样黑暗

我的爱情在北风的呼啸里丢失了花海

但我不甘沉沦

不甘再让夜的翅膀错失黎明

我用文字和想象,搭建了另一个世界

我高举山岳及河流,打开桥梁和道路

在梦想的拐角为遇见种上花朵

在你必经的路上采来白云装点诗歌

春天抛弃了我

而我始终紧紧拥抱春天

我用梦想修复了我的身体

用诗歌贿赂爱情

用爱和期待迎来天使一样的女儿

我打开双拐,和风一样自由的思想

我让它们以飞翔的姿势

经历寒暑

经历春花雪月等人生必需的四季

我在苦难里种下自己

背负大地的沧桑，也汲取阳光的温暖

当所有的花儿都暗淡时

我的春天一直盛开

共享芬芳（组诗）

李子燕（吉林省榆树市）

一

小时候，我看不清党旗是何种颜色

妈妈教会我那首《唱支山歌给党听》

然后深情脉脉地告诉我——

孩子啊，不要遗憾

因为你还可以这样看见：

红色的旗面是熊熊燃烧的革命之火

黄色的锤子镰刀是广大工农在拼搏

我一脸迷惑：

那火光啊，究竟又会是什么颜色？

妈妈碰碰我的睫毛,心疼地说——
火,是你迷路时手边那根引路的竹杖
火,是你寒冷时土炕上最温暖的被窝
幼年的我终于懂了,那应该就像此刻
母亲最温柔的话语和充满爱的抚摸

二

年少时,我听不见党歌的旋律是什么
父亲翻开《没有共产党就没有新中国》
然后用熟练的手语引导我——
孩子啊,不要遗憾
因为你还可以这样聆听:
南湖的红船荡起扭转乾坤的碧波
井冈山的烽烟连起开天辟地的圣火
我似懂非懂:
那歌声,究竟响彻了多少山河?
父亲举起我的拳头,激昂地说——
是那道遵义的霞光驱走了窑洞的风寒

是那面鲜艳的党旗摇醒继往开来的赞歌
年少的我终于懂了，那应该就像此刻
父亲攥紧的信念和跳动不息的脉搏

三

长大后，党的步伐让我思索
老师展开改革开放的春天画卷
然后语重心长地教育我——
孩子啊，不要遗憾
因为你还可以这样走过：
用彩信和网络测量宇宙的宽度
用文学和数字衡量人性的广度
我跃跃欲试：
轮椅上的梦，能否飞越荆棘和坎坷？
老师把勇气传递给我，期待地说——
艺术的巅峰每个人都有资格去攀登
科学的殿堂更能彰显自强不息的品格
迷惘的我终于懂了，将羽翼扎根心灵

失乐园里同样能把成功的硕果收获

四

成年后,我感恩新时代的功德
一道"理解 尊重 关爱"的彩虹
用强有力的声音召唤我——
孩子啊,不要遗憾
因为你还可以这样去描绘:
日月清明 朝霞碧树 天蓝水更阔
摘金夺银 披肝沥胆 太空会嫦娥
我茫然无措:
失去巧手,如何把七彩的光明涂抹?
梦想助我叼起画笔,鼓励地说——
"左丘失明,厥有《国语》
孙子膑脚,《兵法》修列"
成年的我确实懂了,就像断臂的维纳斯
也要把至尊的美丽奉献给养育我的祖国

五

当"爱心启明行动"赶走黑暗和混浊

赤橙黄绿蓝靛紫在阳光下闪烁

当人工耳蜗奏响人道主义的乐章

风声雨声读书声打破无语的沉默

当一笔笔助学金送到千家万户

当一间间新房绽放民生的笑脸

当一位位患友走向康复

当一个个励志人物自强创业

当一个个孵化基地剪彩落成

当扶贫攻坚的声声号角

精准到每个城乡的角落

人人拥有了安全感和获得感——

新时代正昂首阔步

引领人民走向幸福生活

六

恰似天际升起的朝阳

九十七个春秋冬夏,铿锵足音从未退缩

犹如巨龙雄起东方

四十年改革开放,日新月异科技兴国

"平等 参与 共享"

是五十六个民族的召唤

"小康路上残疾人一个都不能少"

是党对残疾兄弟姐妹的承诺

曾经,命运将我们抛向鸿沟险壑

新时代把尊严还给你我

残缺的世界升起最圆满的太阳

每个生命都可以共建 共创 共享

品尝新时代改革开放的芬芳

无声世界　无尽的梦

杜宏艳（内蒙古自治区兴安盟）

行走在草原上，我多想聆听天籁

享受　草原的广袤

上帝关上一扇门，必会

打开一扇窗

我学会了　用心倾听

追寻，流传了几千年的传说

躺在滚烫的草原上

马头琴的故事让我沉迷

开满格桑花的草原

心思飞扬

额吉的呼唤　在蓝天回旋

多想做一只鹰，翱翔在蓝天

折翼的小鸟

心的翅膀，从未停止飞翔

笔做耳，心为墨

不言悲喜，不言挫折

我们有一颗感恩的心

感恩关爱，感恩理解

残缺的身体，没有

放弃的理由

同享一片蓝天

所有的苦涩　藏在

笑脸的背后

坎坷中，懂得了什么是

坚强

渴望，梦想

我们从不轻言放弃

为了心中的向往

欢畅的百灵鸟，啼血的杜鹃

徜徉未来的梦想

心声在文字里流淌

品味，从不甘于

卑微的墨香

让我们忘记忧伤

让我们的生活

充满　阳光

风雨中的向日葵

陆梦蝶（宁夏回族自治区银川市）

生命像是投向太虚的炸弹，
引导突破黑暗的能量，
让荒野看到萋萋胸怀里，
有一棵向日葵在积攒今天。

每个有缺的月牙儿，
都有着花好月圆的憧憬，
在漂泊中孤独地，
寻找着自己的航向和港湾。

不管如何被否定，

它就站在那里,

渡劫,洗礼,痛快地呼吸。

被摧掉一些花瓣又怎样,

一眼看出的不完美又如何,

只要捧出籽粒饱满的明天!

追逐太阳的孩子,

无论黑暗有多猖狂,

无论风雨有多藐视,

向日葵的灿烂绽放,

金色花盘的坚持到底,

一直都是光明的!

永不失信心,

永不怀疑自己,

永存希望在心中,

向上伸展的心叶,

蓝天下托举金色的梦。

昂头对着红日唱赞歌!

远方

王苏华（北京市）

我拦住一缕春风，聆听它的欢笑，

有黄河的、有泰山的，松涛伴着水音回响。

于是，我知道了远方，那里有生命在歌唱。

我松开了手，让心跟着春风，一起去远方。

我能体会到，那玫瑰的绽放，是刺痛的芬芳。

那麦苗的拔节，是生命的坚强。

而那桃花呀，一定漂亮得就像我的亲娘。

可是，你要知道，

这都是我的猜想，

因为我看不见阳光。

但是，在我的心灵深处，深藏着一个梦想。

哪怕只有一天，我可以看见。

我一定要去那传说中的远方。

去看看，去看看呀，

那太阳升起的地方。

我要去看太阳！

生命的礼赞

梁亚军（陕西省宝鸡市）

小时候，我曾经问妈妈：

"为什么我的眼前一片黑暗？

没有太阳、月亮、星星

没有白天，为什么只有黑夜？

为什么春天来了，我什么也看不见？"

妈妈摸着我的头说："孩子，不要惧怕黑暗，

即使在黑暗里，仍旧有光明的祝愿，

只要你张开心灵的眼睛，

在黑暗中也会看见天空、大地，五彩缤纷的绚烂。"

小时候，我曾经问妈妈：

"为什么我什么也看不见？

看不见妈妈的笑脸，

一个人在黑暗里总是那么孤单，

不知道什么是灯盏，什么是落日正圆？"

妈妈拉着我的手说："孩子，不要憎恨黑暗，

在黑暗里，仍旧有光明的恩典，

只要你张开心灵的手指

在黑暗中也能获得知识、智慧，自强不息的信念。"

长大后，我相信了妈妈的话，

妈妈的话，就像乳汁流进身体里，

让我在黑暗中成长，学会坚强

因为苦难也能被坚强点燃。

长大后，我相信了妈妈的话，

妈妈的话，就像光明照进黑暗里，

让我在黑暗中超越，坚守梦想

因为苦难也是梦想的源泉。

人间有真情，祖国也是亲爱的妈妈

中国梦、小康梦！让我们的生活更有尊严。

人间有大爱，残联就是我们的娘家

天行健，地势坤！让我们说出生命的礼赞。

史军昌的诗

史军昌（河北省邯郸市）

一 今昔吟

我们也曾被加冕为祖国的花朵

却无法见到色彩的模样

我们也曾被寄予早晨七八点钟的太阳

却少了照亮自己的光芒

我们也曾怀揣"好好学习，天天向上"

却只能在渴盼中相伴一台收音机和一根盲杖

而今一切完全不同

《残疾人保障法》铭刻坚定的承诺与担当

最低生活保障　两项补贴等多措并举

生活　教育　就业

党和国家全方位助力盲人幸福起航

按摩就业火热　高考频频招手

语音读屏软件　玩转手机电脑

紧随文明步伐　开拓时代新途

思想摆脱视觉的局限

情感丰满灵魂的翅膀

国门敞开让白手杖沐浴世界芬芳

出行无障碍　飞机火车人性化照料协助

公交扶老助残广播提醒　搀扶让座

于细微处温暖点滴日常

和谐友好的呼声因全社会关注日渐响亮

志愿服务成为荣誉和自觉

道德被国家赋予更多含金量

盲人终于释然了眼前那过久的昏暗

心胸一朝宽广着大方与铿锵

步量山水城乡　魂系四海神州

与十三亿国人合奏一曲新世纪中国梦的乐章

二　我的白昼

白昼一般的孩子

我的所爱

我愿你是纯真的苗芽

心藏一个春天

我愿你是待放的花朵

怀抱一世芳艳

我愿你是翘首的露珠

折射七色光线

我愿你是最美的彩虹

把梦想描绘在九天

白昼一般的孩子

我的最爱

请把日落的世界

交给我

让我以爬行的触摸去面对

昏暗中你无力承担的一切

三　心中的假如

假如有一天乌云遮住了太阳

我愿意走在你前面

假如有一天雾霾挡住了光明

我愿意走在你前面

假如有一天黑夜漫长了眼眸

我愿意走在你前面

我会义无反顾

我会无所畏惧

我将以长期摸索生存的丰富经验

我将以视觉以外超常发挥的感官

我能以避障躲碍的那根盲杖

我能借风吹雨淋的那条盲道

自信地走在你前面

荣幸地走在你前面

我要为你开拓所有荒凉

我要为你担当一切风险

我不介意你踩过我的脚

我也甘愿你踩过我的背

只为你能抵达希望的彼岸

只为你该有看得见的明天

陈朝峰的诗

陈朝峰（河南省平顶山市）

一 中国农民丰收节

我拔出父亲插在墙缝里的镰刀，磨得锃亮

放进架子车，驾辕，像一匹战马，嘶鸣间

疾驰在通往田野，笔直、宽敞的水泥路上

没有颠簸，没有颠簸，我想再给父亲一个惊喜

他还不知道，咱们中国的农民

今年开始，有了自己的节日

彼时，父亲正一脚深一脚浅地

在千沟万壑的土路上奔跑

我在架子车上,伸手欲拦住周遭

飞一般后旋的四野

浪花般的笑声溅落,绽一路花香

沙场秋点兵,后来,我学着父亲的样子

带它们回家,扎寨安营

大地黄了又绿,绿了又黄

铆足了劲儿,终是没有高过路边的白杨

四季的风里,弥散着各色的酒香,父亲

您还有许多未使完的劲儿

您还有许多没洒尽的汗

您还有您的寄托和守护

您还有您的遐想与狂欢

我的酩酊大醉里,有您那坛陈年佳酿

父亲,干杯!今日开镰

我邀您观摩,一起欢畅

美丽乡村,一天一个样儿

面朝黄土背朝天的岁月

已被您用老牛套着犁铧,

翻进深深、辽远、广袤的诗行

我挥舞镰刀,传将军令

指挥着联合收割机

鸟枪与炮,共同见证

历史的沧桑和辉煌

二 椿树王

父亲,掀起翻滚的麦浪

争渡于碧云之间

春雷般的号子声

密雨里慌慌张张,穿梭

催促彩虹,洒落一地金黄

闷墩儿上,弟弟听到布谷鸟的呼唤

背起妹妹,沿着大路、田埂、麦垄

追着母亲的镰

颗粒归仓

奶奶掀开锅盖,

一只洁白的鸽子,扑棱棱飞入我梦

爷爷的木牙虎儿,最知道那麦香里的柔软、香甜

一九九二年,又是一个春天

五月啊,榴花似火

石榴树在时光扭曲中虬枝峥嵘

做饭、刷锅、喂猪、把妹牵

岁月崎岖,步履摇晃

目光炯炯,坦坦荡荡

我以萤火之光,倔强地撩那云端的太阳

向上,向前

抱着椿树,非做那王

在时光广袤的局限里蜕变、绽放

三 五月榴花红胜火，万紫千红里燃烧你我

全面小康，残疾人一个也不能少

这是一个诺言，一个对八千五百万群体的诺言

又是对中国十三亿人民，对全世界的庄严承诺

全面小康，残疾人一个也不能少

这是一个命令，一个对各级政府的命令

是对中国十三亿人民，

包括这个八千五百万群体的出师檄文

伟大复兴中国梦里，我们都是战士

为全面建成小康社会的勇士

感恩，正逢这个伟大变革的时代

感恩，慈善、志愿、公益

残健共融路上，英雄的先锋

自尊、自信、自立、自强

出征吧，兄弟，出征吧，姐妹

肢体、智力、聋哑、精神、视障

这可不是我们灵魂被束缚的地方

不是，也绝不能不血拼，就把他们交给秃鹫

拐杖撑起的皮囊，灵魂的旌旗应该招展、飞扬

现在部分小康不是目的

暂时的安逸亦不是我们所愿

出征吧，兄弟，出征吧，姐妹

肢体、智力、聋哑、精神、视障

八千五百万，与健全人并肩

现在，我咏诗，在春天里歌吟不朽

为我们即将的胜利呐喊

活着，有尊严、有力量

有价值，让青春无畏地活着

在生命宇宙的时空轨道上，不住地追赶太阳

五月榴花红胜火，万紫千红里燃烧你我

叶芝，叩问灵魂《驶向拜占庭》

我，我们有限的自己，飞升无限中国梦

四　新生——父亲只是在布谷鸟的叫声里睡去

坟头的蒿草一抽出新芽

父亲的话便开始多了起来

之前都是呓语

他的梦紧紧挨着我的梦

夏日绚，秋果甜

冬藏新年美酒甘

这一觉太长

醒来已是次年

麦苗返青四回

陪油菜花开了四个春天

父亲，只是在布谷鸟的叫声里睡去

村村通蔓延到田间

这一路再没有沟沟坎坎

一地麦芒，一地金黄，一桌被挡在梦外的盛宴

一束菊花，一卷云霞，一次从来未完成的祭奠

五　我关灯，扯黑暗做披风

开灯……开灯

关灯……关灯

沉默，死亡般宁静

开灯，黑暗闪电般从窗户逃窜

抽身，撑着窗棂，窥视那个向往光明的灵魂

安然与狰狞，对峙

静默？是的，你看不见灵魂在心房与心室间激荡

像宇宙深处引力波一样不平

我关灯，扯黑暗做披风

眼睛，心灯的烛焰闪烁不停

星星,我经卷里的梦

折翼?看看霍金!
你即使束缚了四肢,一再收紧枷锁
又能怎样
夜啊!前方就是黎明
我不屑揭穿你的无能